COLLECTION FOLIO

Philippe Djian

Mise en bouche

Gallimard

Philippe Djian est né en 1949 à Paris. Il a exercé de nombreux métiers : pigiste, il a vendu ses photos de Colombie à *L'Humanité Dimanche* et ses interviews de Montherlant et Lucette Destouches, la veuve de Céline, au *Magazine littéraire*, il a aussi travaillé dans un péage, été magasinier, vendeur...

Son premier livre, *50 contre 1*, paraît en 1981. *Bleu comme l'enfer* a été adapté au cinéma par Yves Boisset et *37°2 le matin* par Jean-Jacques Beineix. Depuis, il a publié *Lent dehors* (Folio n° 2437), *Sotos* (Folio n° 2708), une trilogie composée de *Assassins* (Folio n° 2845), *Criminels* (Folio n° 3135) et *Sainte-Bob* (Folio n° 3324), parue en 1998, *Ça, c'est un baiser* (Folio n° 4027), *Frictions* (Folio n° 4178), *Impuretés* (Folio n° 4400), et *Doggy bag*, une série qui compte aujourd'hui cinq saisons.

Un matin, en me réveillant, je me suis rendu compte qu'il était sans doute trop tard pour beaucoup de choses. Ingrid dormait à côté de moi, mais j'ai renoncé à la réveiller. Je suis resté assis au milieu des draps et j'ai fumé une cigarette en observant la montée du jour derrière les fenêtres, ses barres de feu qui transperçaient le feuillage d'un if et montaient dans mon dos.

Je me suis levé en silence et je suis allé dans la chambre de ma fille. Elle dormait encore. Je l'ai aidée à s'habiller pendant qu'elle se frottait les yeux.

Ingrid nous a rejoints en titubant pour le petit déjeuner. J'ai dû expliquer à ma fille pourquoi Ingrid ne portait pas de culotte et juste un débardeur, je lui ai dit : « Ils sont comme ça, en Suède, c'est dans leur nature, à force de vivre dans des cabanes en rondins surchauffées. »

Je ne comprenais pas un mot de ce qu'Ingrid racontait. Je l'avais engagée un mois plus tôt, comme jeune fille au pair. J'avais choisi la plus jolie, à défaut de la plus compétente, aussi bien pour ma fille que pour moi dans la mesure où nous l'aurions sur le dos. Qu'elle ne parle pas français était un plus, en quelque sorte. La précédente m'avait épuisé, entamant de bon matin un monologue qui ne prenait fin que tard le soir, quand elle se décidait à regagner sa chambre. Et non seulement ça, mais elle cuisinait comme un manche. Ingrid, elle, ne cuisinait rien du tout. De temps en temps, elle passait l'aspirateur, et c'était très bien ainsi.

Ma fille l'aimait beaucoup, mais elle préférait son institutrice, Carole Blienen, que son mari venait d'abandonner après avoir gagné une fortune au Loto.

Il lui avait laissé deux garçons en bas âge, une maison hypothéquée et un break Volvo qu'elle avait envoyé dans un arbre, si bien qu'elle se trouvait privée de véhicule. La pauvre. Je la préférais, moi aussi, à Ingrid.

Comme nous étions voisins, je passais la prendre. En fait, j'amenais ma fille à l'école depuis que j'avais eu vent de son problème de transport. Je klaxonnais. Je la regardais arriver avec ses deux enfants sous le bras, une femme sportive, responsable, légèrement perturbée par tout ce qui lui tombait soudain sur la tête et transformée de bon matin en pile électrique jusqu'à ce que nous arrivions à l'école. Elle montait à côté de moi et se tournait sans arrêt vers les enfants, si bien que je pouvais admirer ses formes.

Je la prenais tous les matins, depuis une dizaine de jours, parfois sous la pluie car nous avions un printemps inhabituellement humide, parfois dans un rayon de soleil, par un grand ciel bleu qui l'autorisait à porter un tee-shirt me permettant d'observer la peau de ses bras et son duvet blond.

Parfois, je percevais un éclair de panique dans son regard. Le soir, quand j'allais faire un tour, je voyais de la lumière à la fenêtre de sa chambre et elle brillait toujours quand je revenais, quelques heures plus tard. La pauvre. Reprenant toutes les rênes d'une seule main après avoir lavé, nourri, endormi ses enfants. Avec un budget à tenir, de la correspondance administrative, une procédure de divorce et une sexualité réduite à néant.

À deux ou trois reprises, nous avions bu un café ensemble. Quand je les ramenais. Nous donnions des biscuits aux enfants et je pouvais sentir le poids de sa journée sur ses épaules pendant que le café filtrait. Quelques jours plus tôt, ses mains s'étaient refermées sur le bord de l'évier, ses articulations avaient blanchi et elle avait lâché entre ses dents : « Quelle ordure. Non, mais quelle ordure », en fixant un point de l'autre côté de la rue.

Ce matin-là, ils étaient en retard. Elle m'a ouvert en soutien-gorge. Son réveil n'avait pas sonné. Elle me l'a donné à examiner tandis qu'elle courait dans tous les sens, mais je me suis contenté de le retourner entre mes mains avec une grimace.

Elle me l'a repris en passant avec un geste d'humeur dont elle a cherché à atténuer les effets en déclarant qu'il s'agissait d'une sale camelote fabriquée en Chine, mais cette femme en voulait tellement aux hommes à ce moment-là, à tous ces types qui n'étaient même pas capables de réparer un réveil ou déboucher un évier — on pouvait se demander à quoi ils servaient, au bout du compte, à quoi ils pouvaient bien être utiles.

Je ne débarquais pas dans sa vie au bon moment. Je me retenais de flirter avec elle. Je pensais qu'elle était encore trop fragile pour que je songe à tenter quelque chose. Et puis elle me plaisait mais je n'avais qu'à repenser une seconde à tout ce qui ne pouvait plus changer dans ma vie, à tout ce qu'une relation entraînait, et mes élans se brisaient comme dans un concours de saut en hauteur où il vous manque une jambe. Ou un concours de saut en hauteur par un jour de grande canicule. D'ailleurs, on se vouvoyait encore. Et j'avais une jeune fille au pair.

Les petits ont avalé leur bol de céréales à la vitesse de la lumière tandis que je boutonnais leur chemise d'une main et leur passais l'autre dans les cheveux avec l'eau du robinet. On aurait formé un couple avec trois enfants d'un seul coup. On aurait formé une vraie colonie, un vrai défilé d'ahuris, me disais-je. De cet aspect du monde aussi, j'étais conscient. Et je souhaitais ne pas le perdre de vue si les choses devenaient incontrôlables. Je connaissais des couples que les enfants avaient tués, que les enfants avaient vidés de toute leur énergie, de toute leur volonté, de toute leur substance. Mais bon. Elle me plaisait. Elle avait un regard très excitant. Malgré tous ses problèmes. Malgré ce qu'elle pensait des hommes. Un regard qui provoquait chez moi comme un léger étourdissement.

Nous avions un quart d'heure de retard lorsque nous avons démarré devant sa porte en usant de la gomme.

« Tout va bien, lui ai-je dit. Ce n'est pas aussi grave qu'une guerre bactériologique. Personne ne va en mourir. »

Nous nous sommes arrêtés quelques minutes en laissant tourner le moteur, pour les biscuits et les pommes. C'était une belle matinée, pleine de vibrations ultralumineuses, comme il n'en existe qu'au printemps. Les voitures de police passaient, sans actionner leurs sirènes, des types se doraient au soleil avec leurs chiens, la caissière cherchait le code-barre sur un paquet de galettes que j'avais déjà ouvert et les miettes tombaient en pluie sur son ensemble à rayures. Carole se mordillait les lèvres, agacée par une mèche qui lui retombait sur le visage.

C'était la première fois que je rencontrais une femme aussi occupée. En général, j'avais affaire à des désœuvrées, à des femmes qui pratiquaient des chasses nocturnes, à des étudiantes enragées, à des filles qui se levaient au milieu de l'après-midi ou encore des ménagères mélancoliques. Mais Carole, la pauvre. Elle semblait ne pas avoir une minute à elle. Des flammes l'encerclaient, l'obligeant à courir d'un foyer à l'autre en pure perte.

« Et si je vous invitais un soir ? lui avais-je proposé. Si je vous invitais dans un endroit tranquille où vous n'auriez rien d'autre à faire qu'à vous laisser servir ? Qu'est-ce que vous en pensez ? »

Elle m'avait répondu oui mais ne m'en avait plus reparlé. Lorsque je lui disais que ma proposition tenait toujours, j'avais l'impression d'être un livreur de pizzas qui tombe sur une scène de ménage. J'avais l'impression que mes paroles ne parvenaient pas jusqu'à son cerveau. Ou alors, elle me fixait avec un air étrange, presque douloureux, comme si un gouffre nous séparait, comme si je venais de faire une proposition sexuelle à une femme clouée sur un lit d'hôpital, et elle murmurait quelques mots sans suite, comme si je lui demandais l'impossible, comme si je ne me rendais pas compte de la situation. C'était la première fois que je voyais quelqu'un se démener ainsi, dans l'enfer du quotidien. J'étais toujours étonné de ne pas sentir une odeur de transpiration quand je la frôlais.

Par chance, les rues étaient dégagées. Le ciel était limpide. Nous vivions dans une banlieue tranquille, pratiquement sans histoires. Carole a prévenu qu'elle arrivait, mais elle restait tendue. C'était également la première fois que je rencontrais une femme qui se souciait d'être à l'heure, mais très sincèrement, je n'étais pas convaincu que ce soit une bonne chose. Cette attitude me déstabilisait.

L'école maternelle était un bâtiment moderne, construit sur une butte verdoyante, couverte de gazon et quadrillée de petites allées constituées de pierres plates, ombrée de jeunes albizias en fleurs qui frémissaient dans la douceur de l'air et l'embaumaient par la même occasion. Une maternelle où l'on se battait pour y inscrire ses enfants, une maternelle que nous enviaient les banlieues plus difficiles, à juste titre, avec ses aires de jeux étonnamment bien pensées, ses grandes baies lumineuses, ses jeunes et jolies institutrices. Nous l'avons contournée pour entrer par-derrière car la porte principale était fermée depuis, montre en main, une bonne demi-heure, et Carole tenait à faire une arrivée aussi discrète que possible.

Je l'entendais gémir pendant que nous remontions au pas de course, nos enfants sous le bras, un couloir au lino multicolore qui sentait le caoutchouc froid.

Quand nous avons fait irruption dans la salle, les enfants étaient regroupés au centre et leurs deux institutrices étaient agenouillées, les mains sur la tête, avec des mines au teint blanchâtre et des airs paniqués.

Un type cagoulé, vêtu de noir, les tenait en joue avec une arme. Il l'a braquée sur nous et nous a ordonné de rejoindre les autres. Ensuite il nous a expliqué qu'il avait assez d'explosifs fixés autour du ventre pour faire sauter tout le quartier, ce qui a provoqué un gloussement nerveux chez Élise, une fille qui venait de se marier et semblait exténuée chaque matin, complètement dans le cirage.

J'ai demandé de quoi il s'agissait, mais il m'a dit de la fermer.

C'était un Blanc d'une cinquantaine d'années avec un regard menaçant. Il portait de solides chaussures de marche et des gants de latex.

Il a répété qu'il n'hésiterait pas à se faire sauter si quoi que ce soit se mettait en travers de son chemin. Et nous avec.

C'est alors que j'ai découvert le gardien, Bob de Vritt, un jeune gars musculeux qui se prenait pour le directeur de l'établissement et ne sortait les poubelles qu'à la nuit tombée. Il gisait dans le fond de la salle.

Puis l'homme nous a expliqué comment les choses allaient se passer. Il estimait que ses chances de réussite étaient assez bonnes avec une trentaine d'enfants en otages et que tout le monde pouvait très bien sortir vivant de cette histoire si on lui obéissait à la lettre. Des larmes silencieuses coulaient sur les joues de l'autre institutrice, Vickie Dubois, s'écrasaient sur sa poitrine généreuse, mais l'homme ne s'en est pas inquiété. Il m'a envoyé chercher une télé qui se trouvait dans une salle voisine. Il a dit qu'il voulait aussi un téléphone. Et qu'à la moindre connerie de notre part, il faisait tout sauter ou tirait sur les enfants. Au choix.

La partie de la maternelle où se déroulait notre affaire, où se produisaient ces événements qui nous laissaient encore sans voix, franchement sonnés, était constituée de trois grandes salles, ouvertes les unes sur les autres, cloisonnées d'alu et de vitrages qui permettaient d'avoir une vue sur l'ensemble. Si bien que je voyais qu'il ne me quittait pas des yeux à l'autre bout pendant que je débranchais le téléviseur dont les fils étaient emmêlés comme une pelote confiée à un chat. Il était difficile de croire, parfois, à ce qui vous arrivait. On avait l'impression d'avoir déjà vu ça à la télé, dans un film.

En emportant le poste, j'ai croisé Vickie qui pleurait à chaudes larmes en tirant sur une prise de téléphone. Je lui ai dit de garder son sang-froid.

« Mais qu'est-ce qu'on va faire ? a-t-elle sangloté de plus belle.

— Rien du tout, ai-je répondu. On ne va rien faire du tout. On va faire ce qu'il nous demande. »

À ce moment, les enfants se sont mis à chanter.

Ils avaient été regroupés dans le fond de la salle, sur des tapis de sol en mousse. Élise leur donnait la cadence. Carole était penchée sur Bob de Vritt qui semblait revenir à lui.

Quoiqu'un peu étonnés, les enfants chantaient de bon cœur. C'était une bonne idée de les faire chanter. L'homme semblait satisfait.

Vers 10 heures du matin, lorsque est arrivée la première voiture de police, leur ardeur avait fini par tomber, le répertoire tournait en rond, mais ils n'étaient pas encore inquiets.

Ce sont les haut-parleurs qui ont assombri l'atmosphère dans leurs petits crânes. Nous avons dû leur annoncer qu'il était l'heure du break de la matinée pour éviter les premières pleurnicheries qui pouvaient s'étendre comme un feu de brousse, toujours difficiles à maîtriser, d'après les institutrices. Rassérénés, ils ont vaillamment déballé leurs biscuits et leurs galettes. L'homme, de son côté, avait prévu des sandwichs pour lui-même et il venait d'en terminer un quand on lui a de nouveau ordonné de se rendre et de sortir avec les mains au-dessus de la tête.

Un peu plus tard, après une première et sèche mise au point avec les forces de l'ordre au cours de laquelle il a menacé d'éliminer les otages un par un, il m'a envoyé réceptionner des bouteilles d'eau minérale.

Le policier qui dirigeait les opérations, un gradé d'origine portugaise, un certain Miguel Ribeiro, m'a chargé de lui faire un topo rapide de la situation pendant que les tireurs d'élite se mettaient en place. Les remarquant, je lui ai demandé ce que ça signifiait, j'ai dit que je n'aimais pas ça du tout, mais il a prétendu que c'était la procédure normale, que je ne devais pas m'inquiéter et qu'il fallait laisser la police faire son travail.

« Oui, mais attendez une minute, ai-je insisté. Ce n'est pas vous qui êtes enfermé là-dedans, hein, attendez voir une minute, Ribeiro. Ce ne sont pas vos enfants qui sont enfermés là-dedans. »

Il avait de longs cheveux noirs mais ce n'était peut-être pas un mauvais bougre. Il m'a posé une main sur l'épaule en me souhaitant bonne chance pendant que je remontais vers l'école maternelle, le front soucieux, avec mes packs d'eau minérale.

À mon retour, l'homme s'est empressé de me fouiller en gardant à la main une espèce de boîtier relié à ses explosifs. Il m'a demandé à quoi ça ressemblait dehors, il voulait un maximum de détails et un compte rendu très précis de ma conversation avec Ribeiro.

« Il aimerait bien que vous libériez quelques otages. Chacun doit faire preuve de bonne volonté. C'est ce qu'il a dit. »

Il n'a rien répondu. Il m'a envoyé rejoindre les autres à l'autre bout de la salle dont les rideaux avaient été tirés, mais la lumière du dehors était si violente que le résultat était négligeable.

Élise racontait aux enfants que notre

homme était un grand chasseur de loups et qu'il n'y avait donc rien à craindre. Sa voix tremblait un peu. Les autres faisaient la grimace.

« Il demande vingt millions d'euros, ai-je déclaré en m'asseyant parmi eux. Ils ont jusqu'à 16 heures pour apporter la rançon.

— À moins qu'on se le fasse d'ici là, a rétorqué Bob de Vritt.

— Ne t'emballe pas, lui ai-je répliqué. Du calme. N'agis pas sans nous consulter d'abord, tu veux bien ? »

L'homme avait chaud. Il s'est tourné pour soulever sa cagoule et s'éponger le visage.

« Ils vont nous apporter à manger, ai-je poursuivi en accueillant ma fille qui venait s'installer entre mes jambes.

— Je ne pourrai rien avaler, a rétorqué Vickie en prenant un air épouvanté. Je crois que je vais vomir. »

Comme nous avions la liberté d'aller et venir entre la salle et les toilettes, je lui ai conseillé d'aller se rafraîchir. Elle s'est levée d'un bond. Un instant, elle s'est arrêtée devant l'homme en serrant les poings, puis elle a éclaté en sanglots avant de reprendre sa route. Nous avons expliqué aux enfants que ce n'était rien, que Vickie était allergique au pollen.

Quand elle est revenue, presque aussi trempée que si elle avait pris un bain, le téléphone a sonné.

L'homme est allé décrocher, a écouté un instant sans prononcer un mot, les yeux fixés sur nous, puis il a parlé quelques secondes avant de raccrocher aussitôt. Il semblait relativement calme, sûr de lui, et plutôt satisfait de la manière dont se déroulaient les choses. Je pensais que nous avions de la chance d'avoir affaire à un dingue qui n'était pas en pleine crise et souriait vaguement aux enfants, un dingue qui n'était pas en train de se ronger les ongles jusqu'au sang en marchant de long en large avec des tics.

Un peu plus tard, deux types sont arrivés pour installer une télé et un magnétoscope et nous avons commencé à regarder *Blanche-Neige* en attendant le repas de midi.

De son côté, l'homme suivait les informations et l'on voyait des images de l'école sur son écran, des reporters qui parlaient en direct, des mères effondrées, des policiers muets et des vues aériennes que l'on commentait des studios en rappelant que nos enfants n'étaient plus en sécurité nulle part, pas plus dans une banlieue riche et sans histoires que n'importe où ailleurs.

L'air stagnait, les enfants ronchonnaient. Bob de Vritt louchait sur la poitrine de Vickie qui pleurait toujours par intermittence, maintenant ainsi son corsage uniformément humide et plaqué contre sa peau blanche comme du lait. Dans son coin, Élise avait sorti de son sac une photo de son mari qu'elle contemplait fixement en remuant les lèvres. Je me suis penché vers Carole pour lui confier mes craintes relatives à un possible effondrement nerveux de notre équipe qui ne manquerait pas d'entraîner d'inutiles complications.

Elle était d'accord avec moi. C'était une femme solide. Une femme totalement différente de celles que j'avais rencontrées jusque-là. Le genre de femme qui vous plongeait dans la réalité, dans cet océan inconnu — comme cette prise d'otages dans une école maternelle, ces choses qui vous attendent et vous guettent naturellement dans une vie normale où l'on rencontre des gens normaux et pas seulement des lève-tard, des désaxés, des désœuvrés.

Elle avait conscience du fragile équilibre dans lequel nous nous tenions.

Élise l'inquiétait davantage que Vickie. Le maladif attachement d'Élise pour son mari était connu à des kilomètres à la ronde et personne n'aurait parié qu'il existait une force au monde capable de la tenir éloignée du gars en question plus de quelques heures — un cas remarquable.

« Vous avez sans doute raison, lui ai-je dit. Cette fille est complètement cinglée. »

Elle m'a fusillé du regard.

« Désolée, mais je pense qu'il y a certaines choses que vous ne pouvez pas saisir. »

Chez elle, les blessures de la femme plaquée étaient encore à vif. Je me suis reproché ce moment d'inattention, cette remarque juste mais stupide à cette étape de nos relations. J'ai senti que j'avais balayé en un instant des heures et des jours consacrés à de difficiles travaux d'approche. Je me suis donc levé et j'ai regardé la fin de *Blanche-Neige* debout, les bras croisés, emmenant un enfant pisser de temps à autre, suivant le vol d'un pigeon aux fenêtres ou la danse immobile d'un hélicoptère qui remontait soudain et filait dans le ciel.

L'homme se tenait dans un coin que l'on ne pouvait apercevoir du dehors et il n'en bougeait pas. Quand deux types se sont pointés pour apporter les repas, il m'a envoyé les réceptionner en me faisant une remarque inutile sur le lien qu'il établissait entre la santé de ma fille et ma façon d'agir.

Miguel Ribeiro était déguisé en livreur. La montée, qui s'effectuait pourtant à l'ombre des feuillages et ne prenait pas deux minutes, l'avait mis en sueur.

« Ça se passe comment ? m'a-t-il glissé en s'épongeant la nuque.

— Ça se passe comme ci comme ça », j'ai répondu.

Il se tordait le cou pour essayer d'apercevoir quelque chose à l'intérieur.

« Il est d'accord pour libérer des otages, a poursuivi Ribeiro.

— Ah bon ? Première nouvelle.

— Alors, ça se passe comment, là-dedans ? Vous tenez bon ?

— Ça pourrait aller mieux. C'est tout ce que je peux vous dire. Et la rançon ?

— Tout va bien. On s'occupe de la rançon. C'est pas un problème, la rançon. »

Je l'ai laissé en plein soleil, j'ai refermé à clé et j'ai traîné les repas sur le linoléum.

Il était midi.

Quand nous avons commencé la distribution, l'homme s'est servi mais il a attendu de voir si l'on ne se sentait pas mal avant de s'y mettre, si nous n'étions pas empoisonnés.

« Ça me rend dingue, a grogné Bob de Vritt tandis que je lui tendais un petit plateau d'aluminium contenant du poulet frites. Cette attente me rend dingue. Y'a sûrement un moyen de le maîtriser.

— Non, Bob. Il n'y a aucun moyen de le maîtriser. C'est trop dangereux. Même un débile mental pourrait le comprendre.

— Je préfère être un débile mental que de chier dans mon froc.

— Bon. Cette discussion ne mène à rien. Tu me fatigues. »

Je suis allé voir l'homme qui nous séquestrait et je lui ai demandé si je ne pouvais pas avoir du Scotch afin d'entraver les jambes de Bob de Vritt pour qu'on soit tranquille. Je lui ai expliqué que j'avais très bien compris où se trouvait l'intérêt de chacun et que je ne voulais pas qu'il arrive quelque chose sous prétexte qu'il y avait un imbécile parmi nous, un type qui n'avait même pas d'enfants et se voyait déjà sous les projecteurs.

L'homme s'en fichait. Néanmoins, il m'a laissé faire.

J'ai pris Bob par surprise.

Il était assis par terre, son plateau sur les genoux. Je me suis approché, me suis accroupi devant lui et j'ai fait deux fois le tour de ses jambes avec mon rouleau adhésif avant qu'il ne comprenne ce qui lui arrivait.

« Désolé, Bob, mais tu étais le maillon faible, ai-je soupiré. Tu as remarqué comme la télé nous rend cons ? »

Carole a déclaré aux enfants que nous étions en train de nous amuser mais qu'ils devaient se boucher les oreilles pour ne pas entendre les gros mots que Bob proférait entre ses dents.

« Quand cette histoire sera terminée, nous en rirons ensemble, lui ai-je affirmé. J'essaierai d'oublier que tu m'as traité d'enculé. Mais je ne te promets rien, en dépit des circonstances. Car sache que nous en sommes là, aujourd'hui, et je te parle d'une façon générale, sache que nous en sommes là parce que nous avons perdu toute notion de respect mutuel. Le monde va mal parce qu'il n'y a plus de respect mutuel. Réfléchis-y, et tu verras que tu ne donnes pas le bon exemple. »

J'ai demandé aux trois femmes, qui ne semblaient pas très bien comprendre mon comportement envers Bob, si elles étaient prêtes à confier nos chances d'en sortir indemnes au premier connard venu.

Non, elles n'étaient pas chaudes.

« Je ne laisserai personne approcher de ce type, ai-je déclaré avec un signe de tête en direction du preneur d'otages. Je ne laisserai même pas une mouche se poser sur lui. »

Elles étaient d'accord finalement. Vickie s'est même proposée pour ligoter Bob à une poutrelle métallique, mais j'ai pensé que l'initiative était encore prématurée et risquait de noircir le tableau — d'autant que Bob avait l'air d'accepter son sort, l'œil de nouveau fixé sur la poitrine de celle-ci.

Nous étions en train d'effectuer un peu de rangement, de secouer les tapis pleins de miettes, de ramasser les os de poulet et d'organiser une file d'attente pour se laver les mains et la figure, ce qui n'était pas un luxe, quand l'homme est venu nous annoncer qu'il avait décidé de libérer la moitié des enfants.

Nous devions choisir ceux qui étaient fatigués, énervés, ceux qui pleurnichaient, ceux qui couvaient quelque chose et n'arrêtaient pas d'éternuer.

« Mais pas les vôtres, a-t-il précisé en nous désignant, Carole et moi. Pas les vôtres, évidemment. »

Une fois le tri opéré, l'homme a posé les yeux sur Élise. Il a considéré son visage blême, sa respiration courte, ses ongles rongés jusqu'à la chair et il lui a demandé si elle allait tenir le coup. Il n'en a tiré qu'un faible gémissement. La prenant par l'épaule, Carole a déclaré qu'Élise manquait de sommeil ces derniers temps, et qu'une jeune mariée pouvait toujours créer des ennuis, indépendamment de sa volonté.

« C'est comme moi. Je sens que mes nerfs vont me lâcher et je n'y peux rien, a soupiré Vickie. C'est indépendant de ma volonté. »

Finalement, l'homme n'a gardé qu'une douzaine d'enfants. Nous avons vu les autres, lors de la retransmission d'un flash spécial en direct, disparaître dans la furieuse étreinte de leurs parents ainsi qu'Élise qui sautait au cou de son mari en refermant ses jambes dans ses reins.

« On a l'impression qu'elle est cinglée, ai-je dit, mais elle ne l'est pas. »

Le reporter, un homme au teint orangé avec une chemisette à carreaux et une cravate assez triste, a occupé l'antenne encore cinq minutes pour expliquer que nous venions d'assister à l'incroyable libération d'une partie des otages, que l'émotion était à son comble et que le terrible suspense continuait sous les yeux du pays horrifié. Dans son dos s'étalait un grand ciel bleu au-dessus des bâtiments de l'école. Il y avait des voitures de police garées dans tous les sens, des véhicules de pompiers et des ambulances dont les vitres miroitaient dans la lumière du soleil, des hommes embusqués sur les toits environnants, d'autres qui étaient dans les arbres ou accroupis derrière des murs.

« Ce sont les hommes au pouvoir qui méritent la corde, a ricané l'homme en éteignant le poste. C'est à eux qu'il faut demander des comptes. »

Plus tard, pendant que les enfants faisaient la sieste, on a déposé une cafetière électrique devant la porte. Je m'en suis occupé. L'homme voulait du café fort. Il était sidéré que les classes ne soient pas climatisées dans une banlieue aussi riche, il se demandait ce que nos élus fabriquaient avec notre argent.

Comme il me posait la question, je lui ai répondu que je n'en savais rien.

« Les gens devraient descendre dans la rue pour exiger des explications, a-t-il déclaré d'une voix sourde. Nous devons ébranler le pouvoir en place. »

Je lui ai versé du café. Je ne saisissais pas très bien le rapport entre son discours et le fait d'avoir pris en otage une école maternelle contre une rançon de vingt millions d'euros, mais je ne souhaitais pas entamer ce genre de discussion avec lui. Je préférais penser que j'avais affaire à un homme intelligent.

« Je vous sens nerveux », m'a-t-il dit.

J'ai hoché la tête. Je n'avais pas plus confiance en lui qu'en ceux qui nous guettaient à l'extérieur et cette situation était très pénible, très éprouvante pour les nerfs, surtout dans cette atmosphère confinée, au milieu des enfants qui commençaient à se frotter les yeux et d'adultes qui songeaient que leur dernière heure était peut-être arrivée, dans cette atmosphère suffocante, avec ce dingue et son détonateur à la main et tous ces flics armés jusqu'aux dents et ce ciel bleu électrique qui vibrait au-dessus de nous. J'avais fait un café très fort, et tout en les servant, tout en les examinant, ces deux pauvres femmes et l'autre idiot, je me suis demandé si je leur versais la boisson idoine, si c'était d'amphétamine dont nous avions besoin dans la merde où nous nous trouvions.

Ma fille m'a dit : « J'en ai assez, papa. Rentrons.

— Oui, ma chérie. Nous allons rentrer.

— Tout de suite.

— On attend la cloche. Tu sais bien qu'on doit attendre la cloche. C'est comme ça que ça fonctionne.

— J'en ai marre. Je veux m'en aller.

— Oui. On a compris. »

Je l'ai prise dans mes bras et j'ai réussi à l'intéresser à un jeu qui se mettait en place et semblait consister à ramper sur le sol en décrivant un cercle, une histoire de chenilles. Ma fille était ma fille et je pouvais encore la contrôler, mais comment allions-nous faire avec les autres ? Comment allions-nous pouvoir les tenir ? L'homme ne paraissait pas détester les enfants, ce qui était une chance, mais comment finirait-il par réagir quand ils viendraient lui brailler dans les oreilles ? Est-ce qu'il savait ce qui l'attendait et de quelles forces il devrait user pour garder son calme quand les choses auraient dégénéré ?

« Je pense que nous pouvons gérer le problème, m'a confié Carole sur un ton abrupt. Ce ne sont pas des monstres.

— Je n'ai jamais dit le contraire. Écoutez, Carole, je vous sens agressive à mon égard. Est-ce que je me trompe ? »

Elle a posé sur moi un regard fatigué, comme une femme qui viendrait de ramasser un champ de patates sous un soleil de plomb.

« Je ne sais pas, a-t-elle soupiré. Je n'en sais rien. Pourquoi faut-il que les hommes rabaissent toujours tout ? »

Cette repartie m'a troublé. Je me suis éloigné d'elle sans lui fournir de réponse car je n'avais encore jamais considéré le problème sous cet angle.

Un peu avant 4 heures, la tension est montée.

L'homme s'est énervé au téléphone. Il a prétendu qu'il était prêt à supprimer un otage toutes les dix minutes, ce qui a complètement lessivé Vickie.

Puis la rançon est arrivée.

« Très bien. Nous allons libérer quelques enfants. J'ai décidé de parler au journal de 20 heures. »

J'ai croisé le regard de Carole. Nous nous sommes sentis abattus. Vickie s'est lentement recroquevillée sur elle-même. Bob a ricané comme un dément.

Je me suis adressé à l'homme en désignant le sac abandonné à ses pieds : « Excusez-moi, je vous demande pardon, mais n'avez-vous pas obtenu ce que vous vouliez ? »

Il a posé un regard dédaigneux sur le sac.

L'homme a donc libéré trois enfants. Nous les avons confiés à une femme en uniforme qui nous a demandé si nous avions besoin de quelque chose. Je lui ai dit que nous espérions une petite collation dans l'immédiat et qu'il faudrait prévoir les repas du soir.

« Et pour le petit déjeuner ? a-t-elle poursuivi.

— Eh bien, nous ne savons pas encore, pour le petit déjeuner. Nous allons y réfléchir. Mais en tout cas, des œufs à la coque. »

Carole se tenait dans mon dos. Je lui ai souri, mais sans rien recevoir en retour.

« Enfin, Carole, mais qu'est-ce que je vous ai fait ? »

Elle a pris le temps de refermer la porte avant de me répondre. Les traits de son visage trahissaient un grand conflit intérieur, me semblait-il.

« Il y a que je ne suis pas prête pour vivre une aventure, m'a-t-elle déclaré d'une voix sourde. Et il y a que vous faites tout pour m'y pousser. Sans vous soucier de mes problèmes. »

Ce qui était tellement faux que j'en aurais éclaté de rire en d'autres circonstances.

Un peu plus tard, je l'ai retrouvée à la table où l'homme nous avait forcés à recompter l'argent de la rançon, ajoutant que ça nous occuperait. Cet énorme tas de billets était impressionnant et la présence de dollars nous compliquait la tâche. Il faisait très chaud. Le soleil de l'après-midi cognait brutalement aux fenêtres. Carole était assise en face de moi, le nez baissé sur ses liasses avec son bloc, ces colonnes qu'il nous fallait remplir avec des croix chaque fois qu'on en remettait dans le sac. En temps normal, nos genoux auraient dû se toucher mais elle avait reculé sa chaise, préférant une position moins confortable.

Les enfants étaient à peu près calmes, sombraient dans une phase d'épuisement qui était la bienvenue et détendait un peu l'ambiance dans la mesure du possible. Bob était en train d'enseigner à Vickie certains exercices de respiration auxquels elle se prêtait mollement, mais ses larmes ne coulaient plus. L'homme, pendant ce temps, menait ses tractations au téléphone, il discutait du nombre d'otages qu'il pourrait relâcher si on lui envoyait ce journaliste de la télé — ça devenait n'importe quoi, mieux valait ne pas y penser, sous peine de céder à la panique, d'entrevoir une fin nauséeuse à cette histoire.

« Écoutez Carole, depuis que nous nous connaissons, ai-je commencé en poursuivant ma besogne de caissier. Depuis que nous nous connaissons, Carole. Durant une période que tous les hommes que je connais n'auraient pas respectée. Ai-je tenté quelque chose ? Pendant tout ce temps-là, qu'est-ce que j'ai fait ? Vous ai-je draguée ouvertement ? Ai-je eu l'air de vouloir brûler les étapes ? Si c'est l'impression que je vous ai donnée, j'en suis désolé. »

J'ai pris ma fille sur mes genoux.

« Est-ce que j'ai l'air de vous vouloir du mal ? ai-je ajouté sans la quitter du regard. Est-ce que j'ai l'air d'une brute mal intentionnée ? »

À cet instant, j'ai su que j'aurais pu tendre la main et prendre la sienne. Mais je n'ai rien pris du tout. J'ai pensé qu'il valait mieux en rester là pour le moment. Dans une position qui avait tourné à mon avantage, objectivement.

De temps en temps, nos regards se croisaient. Et dans ce contexte, l'échange prenait un relief peu habituel, s'effectuait avec une rare intensité — je n'aurais pas donné cher de nous si nous avions été dans son salon avec les enfants couchés et la fin d'un morceau, dans ce silence magnétique et tendu comme un câble. On aurait dit qu'elle redevenait enfin une femme, qu'elle se réveillait d'un long sommeil dans un seau de glace.

Puis, après une ultime vérification qui nous a fait dresser les cheveux sur la tête, je me suis levé et je suis allé trouver notre homme qui jouait aux cubes avec quelques enfants.

« Y'a pas vingt millions, j'ai dit. Y'a que dix millions. »

J'en étais malade.

Le front de l'homme s'est plissé. Il a reposé son cube en équilibre sur une petite tour qui ravissait ses jeunes spectateurs.

« Comment ça, y en a que dix ?

— J'aimerais tenir le salaud qui a fait ça. Croyez-moi. Mais enfin dix, c'est déjà pas mal. C'est déjà une belle somme. »

Malgré tout, il a bondi sur ses pieds.

Tandis qu'il passait sa rage au téléphone, je suis revenu m'asseoir près de Carole et désignant d'un geste las notre ravisseur, je lui ai confié qu'à mon avis les fous étaient des deux côtés.

J'ai levé les yeux vers les fenêtres que la rougeur du ciel enflammait.

« Au moins, il fera meilleur quand la nuit sera tombée, ai-je murmuré. Espérons que ça calmera les esprits. »

Le jour baissait et j'observais deux types qui installaient un projecteur sur le toit voisin lorsque, accompagné d'un Ribeiro affichant un air sombre, le journaliste qui présentait le journal du soir a fait son apparition.

Il était très excité. D'emblée, au premier coup d'œil, il a trouvé que le décor était parfait, que tout était encore mieux qu'il ne l'imaginait, les enfants, leurs souliers défaits, nos têtes d'otages aux traits tirés, nos teints blêmes et l'effrayante cagoule de l'homme derrière laquelle dansaient des yeux noirs et une bouche que la tension pinçait. Il envisageait d'employer plusieurs caméras, de faire venir des électros et une fille pour le repoudrer, mais l'homme a dit : « Ça va faire beaucoup de monde, votre histoire. Alors si c'est comme ça, j'en sais rien.

— Restons calme, a déclaré Ribeiro sur un ton nerveux. On est là pour discuter. Vous avez vu, pour la rançon ? Ça va s'arranger pour finir. Il suffit qu'on puisse continuer à discuter ensemble. Tout le monde veut que ça se termine en douceur. Et on va y arriver. Chacun pourra rentrer chez soi.

— Ce que je veux, c'est pouvoir faire une déclaration, a repris l'homme. Il faut qu'on soit bien d'accord là-dessus. Je veux lire un texte devant les caméras.

— Écoutez, je dois en parler à mes supérieurs, mais ça ne devrait pas poser de problème.

— Votre texte, il est long ? » a demandé le journaliste en crayonnant sur son bloc.

Je me suis étendu sur une mousse et j'ai laissé quelques enfants ramper sur moi, ce qui rendait ma fille un peu jalouse, pour ne plus entendre et ne plus voir ces trois misérables. Bob, qui se tenait à côté de moi et n'avait posé aucun problème depuis que nous l'avions partiellement ligoté, me paraissait d'une compagnie mille fois plus honorable, mille fois plus saine que celle des autres. En fait, voilà un gars qui s'améliorait avec le temps, chose rare.

Vickie a dit que ça sentait la mort.

« Ce que vous sentez, c'est le goût de vos larmes, lui ai-je répliqué. Ce goût salé. Ce sont vos foutues larmes. »

À l'instant où je prononçais ces paroles, j'ai découvert que le regard de Carole était posé sur moi.

« Je vous parais dur, n'est-ce pas ? C'est ça que vous appelez chercher à vous draguer ? Ça vous paraît la bonne méthode ? »

Elle m'a demandé de ne pas être aussi agressif.

« Mais comment ne pas l'être ? lui ai-je répondu en soulevant ma fille au-dessus de ma tête pour lui changer les idées. Comment ne pas l'être quand les heures qui s'écoulent une à une deviennent chaque fois plus pesantes et nous enlisent avec elles, comment rester d'humeur égale ? »

Les dernières lueurs du crépuscule la rendaient très attirante, très énigmatique, aussi.

Elles donnaient à son visage une douceur irréelle tandis que son regard devenait impénétrable. Franchement, je ne savais pas ce qu'elle me réservait.

« Franchement, Carole, comment dire ? Le sort s'acharne-t-il contre nous ? Sinon, comment expliquer tous nos malentendus, toutes nos difficultés à nous apprécier l'un et l'autre ? Ça ne vous fait pas sourire ? »

Elle était désolée, mais plus rien ne la faisait sourire en ce moment. Elle pensait que nous pourrions reparler de tout ça quand nous serions dehors, si nous nous retrouvions dehors un jour, ce qui n'en prenait pas le chemin à son avis.

« Et vous êtes là à me parler de ça, a-t-elle soupiré. Vous êtes là à me parler de je ne sais quoi, d'avoir des rapports sexuels ou quelque chose de ce genre, et qu'est-ce que je suis censée vous répondre ? Je suis énervée, je suis morte de peur, j'ai mal partout et je suis censée faire quoi ? Batifoler avec vous ? Compter les étoiles avec vous ? M'entendre réciter des poèmes ? Me faire peloter par vous ? Flirter avec vous ? »

Elle était assise sur une chaise et moi à

ses pieds, dressé sur un coude, le nez tendu vers elle. Malgré l'air vicié, je sentais parfaitement bien son odeur. Une odeur humaine, pas une odeur de déodorant, une odeur humaine légère, infiniment agréable, terriblement féminine, une odeur qui enflammait votre désir de possession.

« Parce que je n'ai pas l'esprit à ça, a-t-elle insisté. Je ne sais pas comment vous faites, mais moi, je n'y arrive pas. Je n'ai pas du tout l'esprit à ça. »

Je n'ai rien répondu. Je me suis levé pour me servir du café. Profitant d'interminables palabres entre les deux autres, Ribeiro s'est tourné vers moi et m'a adressé un clin d'œil.

« Mais ça veut dire quoi ? ai-je répliqué d'un ton brusque. Comment se fait-il que nous soyons encore là, on peut savoir ? Qu'est-ce que vous foutez, au juste ? »

Le journaliste est venu me demander si j'étais prêt à répéter ces paroles devant les caméras.

« Et davantage encore », l'ai-je assuré.

Ribeiro m'a considéré avec une grimace, en se grattant la tête. Le journaliste s'est frotté les mains. Quant à l'homme, il m'a presque accordé un sourire.

Au journal de 19 heures, ils ont annoncé que les otages étaient à bout de nerfs mais que des négociations restaient en cours. Ils ont montré un sac plein de billets que des policiers armés ont escorté au petit trot jusqu'au coffre d'une voiture qui a démarré en trombe. Pendant ce temps-là, devant l'école, on s'occupait des familles sous une tente transformée en infirmerie et la foule se pressait au-delà des barrières, accueillant le crépuscule, au regard des fortes chaleurs de l'après-midi, avec un soulagement visible.

Pour le repas du soir, comme ils n'avaient pas pris en compte la libération d'otages, nous avons eu à manger pour tout un régiment et la cuisine était convenable.

Nous n'avions plus que cinq enfants sur les bras. Cinq enfants repus et fatigués. L'énorme tension était toujours présente, l'homme était nerveux, rien ne semblait aller comme il le souhaitait, mais nous avions connu pire. Tandis que le ciel s'obscurcissait, rassemblait l'obscurité sur nos épaules, la nuit se transformait en no man's land, en terrain neutre, comme si rien de grave ne pouvait arriver avant le lever du soleil.

La deuxième partie de la rançon avait été livrée. Nous attendions beaucoup de ce nouvel aspect de la situation.

Puis l'espoir était mollement retombé. Car l'homme, à présent, faisait une véritable fixation sur son intervention télévisée et l'histoire ne se dénouait pas, les choses n'avançaient pas vraiment, c'était comme une guerre de tranchées. En même temps, il était question d'obtenir un avion et de se servir de nous comme boucliers humains durant son transfert à l'aéroport, ce que la police et nous jugions inacceptable.

« Vous savez, lui ai-je dit, si personne ne fait d'efforts, nous serons encore là à Noël. »

Il m'a considéré d'un regard vide. Depuis un moment, il était occupé à rédiger son éventuelle allocution pour le journal du soir, laissant refroidir son repas et tiédir une bière qu'il n'avait pas touchée, déchirant avec rage ses brouillons l'un après l'autre avant de s'y remettre. Entre deux essais, il semblait perdu. Il se levait parfois et marchait de long en large en rasant les murs.

Je lui ai fait signe que nous allions coucher les enfants. Vickie et Carole se sont chargées des visites aux toilettes tandis que Bob et moi arrangions les mousses et coupions une partie de l'éclairage — restait le faisceau des projecteurs qui dansait sur les murs, dont l'un fouillait vaguement la pièce par intermittence, braqué d'un hélicoptère dont le vrombissement exaspérant était tout ce qui nous manquait.

J'ai passé un coup de fil à Ribeiro pour le prévenir que nous avions des enfants, ici, et que nous espérions les coucher et les endormir et certainement pas dans ce boucan.

« Nous menons un combat psychologique, m'a-t-il confié.

— Qui est-ce qui gagne ?

— On est en train de marquer des points. On le tient.

— Vous ne tenez rien du tout, Ribeiro.

— Écoutez, laissez-nous faire notre boulot. Vous mêlez pas de ça. »

Je n'avais plus la force de discuter. J'éprouvais presque une sorte de détachement, de distance par rapport aux choses. Un sentiment que semblaient éprouver les trois autres qui se traînaient comme des zombies, racontaient des sornettes aux enfants, roulaient des vêtements en guise d'oreillers, ôtaient des chaussures, chantaient des chansons ou chargeaient le magnétoscope pour ceux qui voulaient du Walt Disney.

L'homme désirait que je lui prépare du café, du café fort.

Vickie se demandait si elle ne devrait pas aller s'asseoir sur ses genoux et lui sortir le grand jeu, mais aucun de nous n'y croyait réellement.

L'eau chaude qui passait dans la cafetière électrique produisait des râles d'agonisant, en particulier à la fin, quand l'ustensile pompait dans le vide. C'était atroce. Je m'en suis excusé auprès des autres. Puis je l'ai servi.

Je me suis assis près de Carole. Ses deux enfants étaient lovés à ses pieds tandis que la mienne était allongée en travers de mes jambes et me regardait en suçant son pouce avec des yeux ronds, et se triturant une mèche. Le vol des hélicos avait cessé. Vickie a proposé que nous jouions aux cartes, mais j'ai repoussé la distraction à plus tard. Alors elle s'est tournée vers Bob et ils ont joué ensemble tandis que les deux derniers, ceux qui n'avaient ni père ni mère dans ce pétrin, s'assoupissaient à leur côté en regardant les pubs qui passaient avant le film.

Une certaine pénombre nous enveloppait. Une certaine distance nous séparait des deux joueurs. Un soupçon d'intimité s'était installé entre Carole et moi.

« Je trouve particulièrement injuste qu'une jeune femme telle que vous se referme sur elle-même, lui ai-je confié. Ça me rend malade. Se couper du monde comme vous le faites, Carole, ça m'attriste profondément. »

J'ai eu tort d'ajouter que son mari était certainement le dernier des connards car elle n'était pas encore disposée à m'ouvrir son cœur et pensait que je devais m'occuper de mes affaires.

Je lui faisais peur. Sans doute n'aurait-elle pas été d'accord pour l'admettre, mais ça crevait les yeux. Au fond, il n'y avait rien de cassé en elle. C'était une femme en parfait état de marche, temporairement sur la touche, et encore, pas aussi complètement bloquée qu'elle le croyait. Je sentais bien que son corps était toujours en vie et que le voile qui feignait de paralyser son cerveau était fin et fragile comme du papier à cigarette. Mais je lui faisais peur, c'était entendu. Sans doute se sentait-elle dans la peau d'une vierge craignant le mystère de la première étreinte au moment où des mains moites se referment sur ses cuisses. Je ne pouvais rien contre ça.

« J'ai vécu cinq ans avec cet homme, a-t-elle ajouté après un silence. Et je ne le connaissais pas. Après cinq ans. Cinq années après lesquelles je me suis réveillée un matin, dans le lit d'un étranger. D'un parfait étranger. Hein, qu'est-ce que vous en dites ?

— Je n'en dis rien, ai-je répondu. Je ne vois pas où vous voulez en venir. »

Une chose était sûre : je lui flanquais vraiment la frousse.

« Où je veux en venir ? Où je veux en venir ? Et vous, je ne vous connais même pas.

— Pardon ?

— C'est vrai. Je ne vous connais même pas.

— Ça va vous revenir. Je suis l'homme qui vous transporte en voiture depuis quinze jours, nous avons pris des cafés ensemble, je suis ce type toujours courtois, toujours prévenant, qui a toujours fait gaffe où il mettait les pieds avec vous, je suis celui qui s'est plié en quatre pour vous être agréable, vous me connaissez très bien. »

Deux heures plus tard, Carole et moi campions toujours sur nos positions. Les enfants dormaient. Bob et Vickie regardaient une série où des ados s'embrassaient sauvagement toutes les deux minutes en cramponnant leur planche de surf. L'homme tournait en rond dans le fond de la salle, s'asseyait tout à coup pour rédiger quelques lignes, puis il abandonnait pour empoigner le téléphone, vitupérait, raccrochait et semblait sombrer dans une terrible apathie avant de se relever pour se servir du café. Parfois, il parlait tout seul. Ou il nous considérait avec une espèce d'étonnement qui me donnait envie de casser quelque chose.

Mais Carole n'y était pas pour rien. Je la sentais basculer d'un bord à l'autre, me repousser de la main droite et me tendre la gauche, alors que l'heure était aux décisions rapides, à faire vite. J'avais envie de prendre une chaise et de la fracasser sur le sol.

Au milieu de la nuit, elle était contre moi, nos corps se touchaient. Tout le monde dormait, sauf l'homme qui cramponnait toujours son détonateur et s'ingéniait à passer une nuit blanche. Dehors, les projecteurs étaient immobiles, leurs faisceaux se croisaient dans l'obscurité et on aurait dit que la salle où nous nous trouvions était baignée d'un improbable rayon de lune. Si bien que nous pouvions faire des choses, mais pas trop.

Et plus tard, elle se maintenait hors de portée, elle me lançait un regard farouche. Je lui demandais ce qui clochait mais elle ne répondait pas.

Et puis nous sortions d'un sommeil agité et nous entremêlions nos jambes à nouveau. En fait, nous n'étions pas loin de l'acte sexuel proprement dit — le reste nous semblait une étape encore dure à franchir, supposait encore une plus grande intimité. Quand nous nous agitions trop, l'homme jetait un œil dans notre direction et ça nous calmait pour un moment, nous reprenions notre souffle le plus silencieusement possible, nous nous épongions dans la moiteur de nos chemises.

Quand je n'étais pas tenu à l'écart avec véhémence, quand je ne lui faisais pas horreur, elle m'enfonçait sa langue au fond de la gorge et me caressait à travers mon pantalon. Je lui caressais les fesses à travers le sien qui était coupé dans une étoffe légère.

Occupée à se frotter contre moi, alors que l'aube n'était plus loin, elle me répétait que nous étions devenus complètement fous en s'agrippant aux poils de ma poitrine.

« Ah, tout ce temps perdu, ai-je dit. Tout ce temps perdu. »

Ou encore, elle jurait qu'elle ne se laisserait plus avoir avec les hommes, estimant même qu'après tout, des rapports sexuels n'engageaient à rien et pouvaient aussi bien s'avérer bénéfiques, permettaient d'y voir plus clair.

« On attend quoi ? ai-je demandé à l'homme alors que je revenais des toilettes, traversant la salle plongée dans l'obscurité.

— Vous occupez pas de ça, m'a-t-il répondu.

— D'accord. Mais je ne comprends pas pourquoi ça n'avance pas plus vite.

— Ils essayent de me baiser. Ils espèrent

m'avoir à l'usure. Qu'est-ce que vous ne comprenez pas ? »

Lorsque je suis retourné près d'elle, Carole avait dégrafé son soutien-gorge.

Plus tard, elle l'a remis. J'avais l'impression que cette femme était coupée en deux.

Mais je ne me plaignais pas. Je prenais les choses comme elles venaient.

Nous étions conscients, elle et moi, que rien ne serait réglé, que rien n'aurait une signification quelconque tant que nous ne serions pas sortis de cet enfer et n'aurions pas eu de vraie nuit à nous, de vraie nuit avec l'esprit tranquille.

« Parce que moi, je ne me reconnais plus, m'a-t-elle avoué en tirant sur les boutons de ma braguette. Ça ne me ressemble vraiment pas. »

À ces mots, comme si mon pantalon contenait des braises, elle a interrompu brusquement sa besogne et s'est recroquevillée sur une mousse en se mordant le poing.

« Vous ne m'aidez pas, a-t-elle gémi. Vous n'avez pas pitié de moi. »

De mon côté, j'étais dans un tel état de nervosité que je la regardais en grimaçant, incapable de savoir ce qu'elle racontait dans cette pénombre folle où l'on finissait par perdre l'esprit. J'en étais à prier pour que le jour se lève. Que nous cessions de nous torturer, Carole et moi. Que nous puissions reprendre pied dans la lumière matinale, devant un bon café et après un coup de peigne, et faisant comme si de rien n'était, faisant comme si nos doigts n'avaient aucune odeur spéciale et nos lèvres aucun goût, et nos râles aucun son.

« Écoutez. Je pourrais vous dire que nous vivons peut-être nos derniers instants. Ce serait facile. Je pourrais jouer là-dessus. Ça vous ferait peut-être réfléchir. Mais je ne vais pas le faire.

— Parce que vous proposez quoi ? a-t-elle répliqué en sifflant comme un serpent. Vous voyez ça comment ? Sans trop de chichis, j'imagine. Mais encore ? Vous allez me baiser en gardant vos chaussettes ? »

Ses paroles étaient rudes, mais elle marquait un point. Et comme s'il était besoin que l'on vienne à son secours, Vickie a ouvert un œil et nous a contemplés un instant avec une profonde hébétude avant de se tourner en gémissant.

« Est-ce que c'est tout ce que vous avez à m'offrir ? a repris Carole d'une voix sourde. Est-ce que c'est ainsi que vous comptez vous occuper de moi ? Dans cet endroit sordide ? Par terre et devant tout le monde ? En quatrième vitesse ? Répondez-moi. Je vous écoute. Répondez-moi. »

Perplexe, je me suis levé pour aller fumer une cigarette car je n'avais rien de solide à lui opposer. Je notais, cependant, qu'elle avait son caractère.

Dans son coin, l'homme s'étirait. Par l'entrebâillement de la fenêtre, je respirais un peu d'air frais, j'essayais de me relaxer en oubliant Carole et sa conduite lunatique, quand tout à coup un point rouge, qu'en une seconde j'ai identifié comme provenant d'un rayon laser, s'est mis à danser sur ma poitrine.

Me voyant exécuter un bond subit sur le côté, l'homme a ricané en hochant la tête.

Au matin, nous n'imaginions pas que notre calvaire allait durer jusqu'au milieu de la nuit suivante. Car tandis que nous prenions notre petit déjeuner, les négociations avaient repris de plus belle et ne semblaient plus porter que sur la manière dont l'homme allait organiser sa fuite. Nous respirions déjà mieux.

Le soleil resplendissait au-dehors quand Ribeiro était venu discuter de certains détails. À l'entendre, il ne pouvait accepter que les otages, dont il soulignait que l'épuisement et le ras-le-bol sautaient aux yeux, soient à nouveau mis à contribution dans le rôle de boucliers humains. Il proposait d'étudier d'autres solutions. Nous reprenions confiance.

Dix heures sonnaient à nos montres — celle de Bob vibrait à son poignet de façon ridicule — et nous étions plantés là, à presque envisager la fin de nos tourments, à presque nous mouvoir dans un nuage. Le fait que l'homme pouvait encore nous pulvériser sur un coup de tête, nous plonger dans un chaos de flammes et de verre brisé sur un simple accès de mauvaise humeur, ce fait avait disparu de nos esprits. Aussi stupide et lamentable que c'était.

Les enfants eux-mêmes partageaient notre espèce de calme. Ils devaient sentir que le plus dur était passé et que nous allions bientôt partir. Bob leur construisait un château avec des cubes et ils avaient remis leurs chaussures.

Vickie a vomi son petit déjeuner mais elle nous a aussitôt rassurés, elle allait bien, elle s'excusait d'avoir encore quelques spasmes incontrôlables mais nous ne devions pas nous en soucier, c'était passé. Ensuite, nous avons fait un peu de rangement, ouvert les fenêtres sur une très belle journée, sur des arbres verts et un gazon brillant.

« Quelle nuit étrange, m'a confié Carole en fixant le paysage. Pleine de rêves et de cauchemars. Quelle nuit confuse, n'est-ce pas ?

— Je tiens à m'excuser, Carole. Je tiens à vous présenter mes excuses.

— Oh, ne vous en faites pas. N'en parlons plus.

— J'étais la proie d'un tel désir, vous comprenez ? Mais je ne vous importunerai plus. Nous resterons amis, si vous le voulez. »

Elle s'est tournée vers moi, a esquissé un sourire dans ma direction : « Ne soyez pas bête.

— Je ne rigole pas. »

Elle n'avait pas l'air de me croire, mais j'étais parfaitement sincère. À présent, j'étais persuadé que notre histoire n'irait pas plus loin. Je m'y étais trop mal pris. La tache, sur mon visage, était ineffaçable. Si Carole ne partageait pas encore entièrement mon point de vue, ça n'allait pas tarder. C'était une fille intelligente. Je pensais aux jours mélancoliques qui m'attendaient quand je penserais à elle, comme le chemin allait me sembler triste jusqu'à l'école à moins que je ne demande à Ingrid de reprendre nos anciennes habitudes et d'accompagner ma fille mais ça ne changerait pas grand-chose. Il est toujours très difficile d'abandonner lorsqu'une femme vous plaît vraiment, c'est presque impossible. Pourtant, il faut être conscient de ses forces et ne pas s'imposer davantage de souffrance. Il faut accepter de battre en retraite, même si ça fait mal. Même si on s'en veut à mort d'avoir foiré une affaire aussi belle, de l'avoir menée en dépit du bon sens.

Pendant ce temps-là, les heures s'écoulaient. L'homme essayait d'obtenir un second véhicule qui simulerait sa fuite et qu'il ferait exploser à un carrefour, mais la police rechignait. Ribeiro passait de temps en temps pour négocier chaque point de l'entreprise. Il dépliait un plan de la ville pour exposer des itinéraires ou proposait un hélicoptère contre la libération de tous les otages ou encore un faux passeport.

Toutes leurs discussions, ça nous aidait à passer le temps. Nous avions l'impression que les choses avançaient malgré la lourdeur et la lenteur qu'elles prenaient pour se mettre en place.

Durant le repas de midi, nous pensions que notre libération s'effectuerait à l'heure du café. Vickie s'était remaquillée et Bob était en train de la complimenter sur la couleur de ses yeux, mais l'on sentait qu'elle était déjà ailleurs et que Bob ne l'intéressait plus. Nous n'avions pas eu de chance, lui et moi. Nous n'avions pas su tirer parti des circonstances. Il était temps que chacun rentre chez soi pour arroser ses plantes et ruminer dans un fauteuil hérissé de pointes, du moins en ce qui nous concernait, lui et moi.

« Bob, ne me demande pas de t'expliquer

quoi que ce soit, lui ai-je déclaré tandis que nous partagions une bière et laissions les deux femmes s'occuper du rangement sans le moindre état d'âme. Ne me demande pas de t'éclairer sur une chose qu'aucun homme n'a jamais pu élucider. Elles sont comme ça. Et nous n'y pouvons rien. Tu as beau pouvoir les observer à la loupe, tu ne parviendras jamais qu'à entamer la surface. Ne me demande pas ce qu'elles ont dans la tête, parce que je n'en sais rien, Bob. Je ne l'ai jamais su. »

Pour preuve ? Carole me tournait autour, à présent. Après m'avoir évincé. Après m'avoir sèchement repoussé et remis à ma place. Elle m'effleurait quand elle passait près de moi. Lorsque mes yeux tombaient sur elle, je la surprenais en train de me regarder, puis elle me souriait. Parfois, elle me demandait à quoi je pensais. Alors qu'elle m'avait évincé pendant la nuit.

« Évincé ? s'est-elle exclamée après avoir pris de mes nouvelles. Mais je ne vous ai pas évincé du tout. En voilà, une idée. »

Je l'ai considérée un instant, puis j'ai porté mon attention sur le ciel, ignorant les tireurs embusqués sur un toit voisin et les antennes de télévision.

« Je me demande si ce n'est pas vous qui avez un problème avec les femmes, a-t-elle repris dans mon dos.

— Que me feriez-vous de plus que les autres ? ai-je répliqué. Quelle blessure que je ne connaisse pourriez-vous encore m'infliger ? »

J'ai senti sa main se poser sur mon bras.

« Écoutez, ai-je poursuivi en fixant l'horizon. Toutes les femmes que j'ai connues ont pompé mon sang jusqu'à la dernière goutte. Toutes, sans exception. Alors je ne crains plus rien. »

Pour m'en défaire, je devais la planter là et m'éloigner, m'astreindre à une quelconque besogne, faire du café, m'occuper des enfants, aller ouvrir la porte à Ribeiro qui suait d'avoir grimpé le monticule ou ranger des livres dans la bibliothèque, jusqu'au moment où elle surgissait de nouveau et remuait le couteau dans la plaie.

Elle prétendait qu'elle ne parvenait pas à oublier nos étreintes et me demandait comment moi, je le pouvais. C'était exténuant.

Elle se souvenait de chacun de nos baisers, de chacune des terribles caresses que nous avions échangées. Ces souvenirs la troublaient.

En attendant, les heures passaient. Tandis que nous entamions un goûter composé de biscuits et de bananes, elle s'est assise à côté de moi et m'a confié qu'elle donnerait tout ce qu'elle avait de plus cher au monde pour que notre prochaine nuit se termine dans sa chambre.

« Je dois être rouge jusqu'à la racine des cheveux, a-t-elle ajouté. De vous dire une chose pareille. Je dois être rouge comme une pivoine. »

Je l'ai regardée, mais son teint était toujours le même.

En fin d'après-midi, Ribeiro a profité d'une entrevue à laquelle participait un commandant des forces d'interventions spéciales, pour me prendre à part. J'étais en train de secouer la machine à café qui s'était désamorcée.

« Faites-moi voir ça. J'ai la même à la maison », a-t-il déclaré en se dirigeant vers moi.

Et tandis qu'il examinait l'engin dans tous les sens, il m'a chuchoté à l'oreille qu'ils avaient arrêté un plan.

« Quoi encore ? » ai-je grogné entre mes dents.

À la seconde suivante, il m'a glissé un sachet entre les mains. Pour commencer, je lui ai dit que je ne voulais rien savoir. Mais il a vraiment insisté.

Plus tard, au moment où le ciel rosissait, je me suis discrètement entretenu avec les autres à la faveur d'un épisode de *South Park* qui laissait les enfants bouche bée.

« Ils ont un nouveau plan, ai-je soupiré. Ils ont décidé de ne pas accepter ses conditions. Ils estiment que c'est trop risqué. »

Un sombre frisson les a parcourus. D'atterrement, ils ont rentré leur tête dans leurs épaules.

« Mais pas de panique, ai-je poursuivi. Je suis censé lui administrer un somnifère. »

J'ai attendu leur réaction. Bob a passé sa langue sur ses lèvres.

« Et s'il s'aperçoit de quelque chose ? a-t-il évoqué à juste titre. Hein, sur qui ça va retomber ?

— J'entends bien, Bob. Mais c'est ça, ou alors ils vont nous gazer avec je ne sais quoi, comme à Moscou. Comme en Russie. Ribeiro m'a clairement mis le marché en main. Et tu sais, ainsi que nous le savons tous ici, qu'ils en sont parfaitement capables. Morts ou agonisants, ils nous chargeront dans un bus comme du bétail. Je vois très bien la scène. »

Vickie avait du mal à déglutir mais elle a surmonté l'épreuve :

« Et si c'était du poisson ?

— Tu veux dire du poison ? Si ça le tuait au lieu de l'endormir ? Je sais, Vickie, mais que veux-tu que je te dise ? Personne ne sortira grandi de cette histoire, d'une manière ou d'une autre.

— N'empêche, a fait Bob. Ils auraient pas pu y penser plus tôt ?

— Va donc leur demander quelque chose, lui ai-je répondu. Va donc essayer d'avoir une discussion avec ces gens-là. »

Carole en a profité pour se serrer contre moi, mais je n'y ai pas prêté attention.

Ribeiro préférait qu'on le fasse la nuit. Ça l'arrangeait. Lui et toute sa bande étaient des hommes de l'ombre. J'ai regardé ma montre. Le ciel était de ce rouge que l'on aime prendre en photo pour épater les amis et jouer à l'artiste aux yeux de leurs femmes. Il était 8 heures. Nous étions à la une des infos et des types, installés dans des studios, évaluaient nos chances d'en sortir indemnes ou parlaient de la taille du cratère qui se formerait si tout se mettait à péter.

Le repas du soir avait du mal à passer. À tour de rôle, nous nous épongions le front car le soir irradiait comme une brique et le riz était trop cuit. L'homme, suivant son habitude, attendait que nous ayons terminé pour voir nos têtes. La confiance régnait. Les enfants pleurnichaient et les larmes de Vickie coulaient de nouveau, silencieuses et d'un débit régulier, mais Bob s'en occupait, il s'en occupait gratuitement. Je l'ai fait remarquer à Carole. Je lui ai dit : « Regardez-le, ce pauvre type. Regardez-le, vous qui prétendez que nous sommes des monstres. Ne vous gênez pas. Ouvrez les yeux. Et continuez à raconter des conneries.

— Voyons, je n'ai jamais dit ça.

— Bien sûr que vous l'avez dit. Vous

m'avez rebattu les oreilles avec. Je vous prenais même pour un disque rayé. Ça ressemblait à une blague. Alors que des femmes plaquées, j'en ai connu, et non seulement elles n'en sont pas mortes, mais elles n'ont pas empoisonné leur entourage du matin au soir. »

Elle a enfoncé ses ongles dans mon bras en m'adressant un air sombre.

Je fixais la cafetière électrique.

Dehors, le crépuscule subtilisait déjà les ombres et déclenchait les éclairages publics qui s'éveillaient en contrebas, formant une haie d'œufs translucides, une haie d'œufs cyclopéens au-dessus des trottoirs.

En attendant, nous avons couché les enfants. Je me suis allongé près de ma fille et je lui ai promis qu'à son réveil nous rentrerions à la maison. Elle a bâillé.

« Non, je ne crois pas qu'elle viendra habiter à la maison, lui ai-je répondu. Je crois qu'elle préfère rester chez elle. Tu sais, je suis comme toi, ça m'aurait fait plaisir. Mais on n'obtient pas tout ce que l'on veut, dans la vie. À moins d'un miracle. »

Je ne voulais pas qu'elle nourrisse de faux espoirs.

« Si vous saviez comme j'ai envie de vous, m'a déclaré Carole sur un ton vibrant à l'instant où ma fille s'endormait. Si vous saviez comme j'attends que nous soyons seuls, vous et moi. »

Par expérience, je suis resté sur mes gardes.

« Qu'est-ce que vous me racontez ?

— Vous avez tranché mes liens. Vous avez ravivé une flamme à l'intérieur de moi.

— J'ai été heureux de vous rendre service. »

Elle s'est penchée vivement sur moi, se fichant pas mal qu'on la surprenne, et elle a essayé de me mordre les lèvres.

« Vous mériteriez qu'on vous arrache la langue, m'a-t-elle répliqué sombrement. Pour quelle raison êtes-vous si dur avec moi ? De quoi avez-vous peur ? Vous ne savez plus embrasser ?

— Je ne vois pas le rapport. C'est marrant comme vous avez le don pour mélanger les choses. Vraiment, ça me sidère.

— Écoutez, j'aimerais que nous éclaircissions une chose. Vous pensez que je me conduis toujours ainsi ? Est-ce que vous pensez que c'est mon genre ? Parce que j'aimerais bien le savoir, figurez-vous.

— Ce que j'en pense ? Vous vivez seule depuis trop longtemps.

— Alors là, c'est n'importe quoi.

— Je regrette, mais c'est pas n'importe quoi. Je ne vois pas d'autre explication. Je n'en vois aucune autre qui puisse expliquer votre différence d'attitude envers moi. J'ai beau me creuser la tête.

— Je n'ai pas changé d'attitude envers vous.

— Vous vous piquez ou quoi, ma parole ?

— J'ai seulement refusé de le faire avec vous de cette manière. D'une manière dégradante. Comme deux ivrognes dans une ruelle.

— Alors n'en parlons plus.

— Ça ne voulait pas dire que je refusais. Enfin, je refusais, mais ça ne voulait pas dire que je refusais l'idée.

— Vous vous écoutez ? Parce que moi, je ne comprends pas un mot à vos paroles.

— Parce que vous le faites exprès. Parce que vous avez envie que je me traîne à vos pieds. Au fond, c'est tout ce qui vous intéresse. Je ne vous croyais pas comme ça.

— Allez-y. Continuez. Et après, j'irai endormir ce type. Parce que je n'ai pas l'intention de continuer cette conversation avec vous encore très longtemps. Je sens que ça me déprime.

— Très bien. D'accord. Mais avant, embrassez-moi.

— Comme deux ivrognes dans une ruelle ? C'est ça ? »

Je n'ai pas réveillé Lili pour lui annoncer que tout n'était pas perdu et que son institutrice venait de changer subitement d'avis et nous invitait à passer chez elle, dans un premier temps. Cette nuit même, pourquoi pas, si le timing était bon, s'il nous restait quelques bonnes heures avant l'aube. Elle était persuadée que nous serions au lit avant minuit. Elle n'en doutait pas une seconde.

« Je vais boire un café », lui ai-je dit quand nous nous sommes écartés l'un de l'autre sans nous déchirer, sous l'œil ébahi de nos compagnons d'infortune.

Observant Carole qui me souriait dans l'ombre, me souriait d'un agréable sourire complice, ces deux journées ne m'ont pas semblé si terribles malgré l'énorme dose de stress et d'angoisse que l'on nous avait administrée. En fait, j'étais très impatient de la serrer dans mes bras, et de ce côté-là, par une espèce d'opération du Saint-Esprit, j'étais étonnamment parvenu à démêler en un temps record l'effroyable sac de nœuds qu'il y avait entre nous. Deux jours, alors qu'il m'en aurait peut-être fallu cent, dans des circonstances ordinaires.

J'ai adressé à l'homme, qui restait assis près du téléphone et posait sur moi un regard vague, un léger signe de tête, signifiant que le café était bien bon.

D'ailleurs, j'en reprenais.

J'ai remis une machine en route. J'y ai versé la poudre que m'avait confiée Ribeiro et je suis retourné à ma place.

« Comment avez-vous fait ? m'a demandé Vickie en épongeant ses larmes. Moi je n'ai rien vu.

— Qu'importe comment j'ai fait, Vickie. Quelle importance ? »

Un peu avant 10 heures du soir, l'homme s'est décidé à boire du café. Il est retourné s'asseoir en emportant une seconde tasse après avoir vidé la première d'un claquement de langue satisfait.

« Si Dieu le veut, ai-je annoncé aux autres, nous dormirons chez nous ce soir. »

Bob a déclaré qu'il avait envie de tous nous embrasser mais j'ai calmé son ardeur.

« Bob, nous verrons ça plus tard. Je te le promets.

— Il faudrait que nous nous revoyions tous les quatre, a-t-il repris avec un air illuminé. Il faudrait que nous sortions ensemble. J'irai où vous voudrez.

— Oui, mais tu sais, ce n'est pas si simple. On n'est plus dans les années soixante-dix. Remarque, ils n'avaient pas que des qualités non plus. »

Avant qu'il n'insiste pour nous embrasser sur la bouche, Carole et moi sommes passés sur la mousse adjacente afin de retrouver un peu d'intimité.

« Ne dites pas ça. Vous m'avez plu tout de suite, m'a-t-elle glissé du bout des lèvres. Chaque matin, je guettais votre arrivée.

— Chaque matin ? Vraiment ?

— Le soir, je vous voyais passer sous ma fenêtre. En même temps, j'étais folle de rage car je me sentais attirée vers vous. Et vous m'aviez déjà percée à jour. Alors que moi, je refusais de me voir. Je ne savais même plus qui j'étais. Enfin bref, je me demande si je ne commence pas à être amoureuse de vous. Est-ce que ça se voit ? »

Je me suis allongé sur le dos, en appui sur les coudes.

« Au moins, je ne vois plus le mal qui vous rongeait. Vous m'avez fait peur, vous savez. En tant que femme, je vous croyais perdue à tout jamais.

— Sans vous, je l'aurais peut-être été. Tout seul, il est impossible de remonter la pente.

— Je sais. Nous n'avons pas été conçus pour ça. »

Son mari, elle espérait pouvoir lui crever les yeux.

« J'aimerais le revoir au moins une fois. Pour lui dire certaines choses en face. Toute l'abjection que j'éprouve à son égard. Quand je pense qu'il a posé ses mains sur moi, j'en suis malade. J'ai envie de me frotter le corps avec des pierres.

— Carole, cette histoire appartient au passé, désormais. Arrêtez de me parler de cet homme. N'y pensez plus. C'est moi qui vous raccompagnerai ce soir. Ce n'est pas lui. Et moi, je ne joue pas au Loto. Je n'y ai jamais joué une seule fois de toute ma vie.

— Si vous voulez, je vous ferai un massage en rentrant. Ça vous dirait ?

— D'accord. Va pour un massage. C'est vous qui décidez. »

Nous avons échangé un regard explicite, puis quelques caresses suggestives, jusqu'à ce que Bob nous en dissipe en tirant sur ma chemise.

« Ça y est. C'est parti », exultait-il en désignant l'homme qui vacillait sur sa chaise.

J'ai jeté un coup d'œil à ma montre.

À l'autre bout de la salle, l'homme piquait du nez.

« Ce sont des larmes de joie », a déclaré Vickie, voyant que nous la considérions avec perplexité.

Cinq minutes plus tard, alors que l'homme était profondément endormi, les projecteurs installés au-dehors se sont éteints et des membres des brigades spéciales ont commencé à s'introduire silencieusement dans le bâtiment.

Nous nous étions regroupés autour des enfants et scrutions la pénombre tandis qu'ils avançaient derrière les cloisons à demi vitrées du couloir, des types casqués, se déplaçant furtivement en braquant une arme. Nous nous tenions prêts à lever les bras en l'air et à leur crier de ne pas tirer ainsi que je l'avais suggéré quelques minutes auparavant — j'avais rappelé qu'une bonne partie des prises d'otages qui avaient mal tourné au cours d'un assaut étaient imputables à la confusion qui s'ensuivait et qui obligeait les hommes d'élite à arroser tout le monde.

Et alors que nous étions dans les starting-blocks, bien décidés à nous faire reconnaître, les choses se sont finalement passées en douceur, presque comme dans un rêve.

Un groupe s'est détaché vers nous en baissant les armes, tandis qu'un autre se dirigeait vers l'homme et l'abattait à bout portant, de plusieurs balles dans la tête. Cette impression de rêve était amplifiée par le fait qu'il s'agissait de silencieux.

Pendant qu'ils nous évacuaient, nous avons croisé une équipe de déminage et une autre avec des chiens.

Je portais ma fille qui se frottait les yeux et je lui ai dit que c'était fini.

On entendait une clameur qui montait d'en bas, qui enflait à mesure que nous descendions. Les hommes qui nous avaient délivrés nous accompagnaient et j'ai dû leur répéter que je m'en sortais bien tout seul pour qu'ils me lâchent le coude.

Carole était devant moi et j'essayais de me concentrer sur sa silhouette pour ne pas penser à autre chose. Pour ne pas faire la fine bouche, comme on aurait pu me le reprocher.

Tous les dix pas, elle se tournait vers moi et m'adressait un sourire inquiet, mais je n'arrivais pas à débloquer mes mâchoires.

En raison des risques d'explosion, j'imagine, le périmètre de sécurité avait été élargi et la foule se pressait au loin, à la hauteur du carrefour d'où les acclamations roulaient, tournoyaient sous le ciel noir.

Au moment où nous arrivions en bas et avancions vers Ribeiro et son comité d'accueil, les hommes qui constituaient notre garde se sont portés en avant afin de nous improviser une haie d'honneur et c'est ainsi que nous avons terminé notre marche : sous leurs applaudissements.

Nous avons eu du mal à nous sortir de là. Une équipe médicale voulait nous garder en observation. La presse voulait nous interroger. Le maire, le préfet et *tutti quanti* tenaient à nous serrer la main sous les flashs.

On me demandait de sourire, de dire quelques mots, donner mes impressions et raconter ce que je ressentais à propos de l'issue heureuse de notre aventure, mais j'étais incapable de prononcer une parole.

Puis Bob m'a sauté au cou et je l'ai serré un instant dans mes bras, me contentant de hocher la tête quand il a juré que nous allions nous revoir car au même instant j'observais une ambulance, garée à l'écart, dans laquelle on chargeait un corps enveloppé comme une papillote dans du papier d'argent.

J'ai dit à Carole que j'allais devenir fou si nous restions là une minute de plus, que j'allais gâcher la bonne humeur ambiante.

À ceux qui tentaient encore de s'accrocher à nos basques, tandis que nous nous éloignions sur le trottoir, j'ai demandé de nous foutre la paix sur un ton qui les a dissuadés de nous suivre.

Nos enfants nous donnaient la main et j'essayais de trouver le moyen de me concentrer sur le côté miraculeux des choses, d'anticiper mon imminent face-à-face avec Carole dans une chambre fermée à clé, mais ce n'était pas facile.

J'ai échangé un regard avec elle et je lui ai dit que c'était la fatigue, que ça allait passer d'un moment à l'autre.

Dans l'ombre d'un buisson touffu où elle nous a coincés pendant que les enfants nous attendaient sur le trottoir avec une mine incrédule, elle m'a embrassé sauvagement.

« Excusez-moi, mais je ne pouvais plus attendre, s'est-elle expliquée. Est-ce que ça va, pour vous ? »

Lorsque nous avons repris notre progression vers le carrefour où la police maintenait encore la foule derrière des bandes de plastique jaune, j'étais en train de me dire que la vie était invraisemblable.

Et juste à cet instant, les enfants de Carole se sont mis à courir vers un homme qui avait réussi à forcer le cordon de sécurité et tombait à genoux, les bras grands ouverts.

C'était un type de mon âge, le visage baigné de larmes. Il a serré les enfants dans ses bras, les a couverts de baisers.

Carole et moi, nous sommes restés figés sur place.

Puis le type a relevé la tête et il a fixé Carole d'un air si implorant qu'une statue aurait versé des larmes.

Elle s'est mordu les lèvres en soutenant son regard. Ce film-là aussi, je l'avais déjà vu cent fois.

DU MÊME AUTEUR

Aux Éditions Gallimard

SOTOS, *roman*, 1993 (Folio, n° 2708).

ASSASSINS, *roman*, 1994 (Folio, n° 2845).

CRIMINELS, *roman*, 1996 (Folio, n° 3135).

SAINTE-BOB, *roman*, 1998 (Folio, n° 3324).

VERS CHEZ LES BLANCS, *roman*, 2000 (Folio, n° 3574).

ÇA, C'EST UN BAISER, *roman*, 2002 (Folio, n° 4027).

FRICTIONS, *roman*, 2003 (Folio, n° 4178).

IMPURETÉ, *roman*, 2005 (Folio, n° 4400).

MISE EN BOUCHE, *récit*, 2008 (Folio, n° 4758).

Aux Éditions Futuropolis

MISE EN BOUCHE, avec Philippe Peyraud, 2008.

Aux Éditions Bernard Barrault

50 CONTRE 1, *histoires*, 1981.

BLEU COMME L'ENFER, *roman*, 1983.

ZONE ÉROGÈNE, *roman*, 1984.

37°2 LE MATIN, *roman*, 1985.

MAUDIT MANÈGE, *roman*, 1986.

ÉCHINE, *roman*, 1988.

CROCODILES, *histoires*, 1989.

LENT DEHORS, *roman*, 1991 (Folio n° 2437).

Chez d'autres éditeurs

LORSQUE LOU, 1992, *Illustrations de Miles Hyman* (Futuropolis/Gallimard).

BRAM VAN VELDE, *Éditions Flohic*, 1993.

ENTRE NOUS SOIT DIT : CONVERSATIONS AVEC JEAN-LOUIS EZINE, *Presses Pocket*, 1996.

PHILIPPE DJIAN REVISITÉ, *Éditions Flohic*, 2000.

ARDOISE, *Julliard*, 2002.

DOGGY BAG, saison 1, *Julliard*, 2005.

DOGGY BAG, saison 2, *Julliard*, 2006.

DOGGY BAG, saison 3, *Julliard*, 2006.

DOGGY BAG, saison 4, *Julliard*, 2007.

DOGGY BAG, saison 5, *Julliard*, 2007.

COLLECTION FOLIO

Dernières parutions

4366. Michel tournier	*Le bonheur en Allemagne?*
4367. Stephen Vizinczey	*Éloge des femmes mûres.*
4368. Byron	*Dom Juan.*
4369. J.-B. Pontalis	*Le Dormeur éveillé.*
4370. Erri De Luca	*Noyau d'olive.*
4371. Jérôme Garcin	*Bartabas, roman.*
4372. Linda Hogan	*Le sang noir de la terre.*
4373. LeAnne Howe	*Équinoxes rouges.*
4374. Régis Jauffret	*Autobiographie.*
4375. Kate Jennings	*Un silence brûlant.*
4376. Camille Laurens	*Cet absent-là.*
4377. Patrick Modiano	*Un pedigree.*
4378. Cees Nooteboom	*Le jour des Morts.*
4379. Jean-Chistophe Rufin	*La Salamandre.*
4380. W. G. Sebald	*Austerlitz.*
4381. René Belletto	*La machine.*
4382. Philip Roth	*La contrevie.*
4383. Antonio Tabucchi	*Requiem.*
4384. Antonio Tabucchi	*Le fil de l'horizon.*
4385. Antonio Tabucchi	*Le jeu de l'envers.*
4386. Antonio Tabucchi	*Tristano meurt.*
4387. Boileau-Narcejac	*Au bois dormant.*
4388. Albert Camus	*L'été.*
4389. Philip K. Dick	*Ce que disent les morts.*
4390. Alexandre Dumas	*La dame pâle.*
4391. Herman Melville	*Les Encantadas, ou Îles Enchantées.*
4392. Pidansat de Mairobert	*Confession d'une jeune fille.*
4393. Wang Chong	*De la mort.*
4394. Marguerite Yourcenar	*Le Coup de Grâce.*
4395. Nicolas Gogol	*Une terrible vengeance.*
4396. Jane Austen	*Lady Susan.*
4397. Annie Ernaux/ Marc Marie	*L'usage de la photo.*
4398. Pierre Assouline	*Lutetia.*

4399.	Jean-François Deniau	*La lune et le miroir.*
4400.	Philippe Djian	*Impuretés.*
4401.	Javier Marías	*Le roman d'Oxford.*
4402.	Javier Marías	*L'homme sentimental.*
4403.	E. M. Remarque	*Un temps pour vivre, un temps pour mourir.*
4404.	E. M. Remarque	*L'obélisque noir.*
4405.	Zadie Smith	*L'homme à l'autographe.*
4406.	Oswald Wynd	*Une odeur de gingembre.*
4407.	G. Flaubert	*Voyage en Orient.*
4408.	Maupassant	*Le Colporteur* et autres nouvelles.
4409.	Jean-Loup Trassard	*La déménagerie.*
4410.	Gisèle Fournier	*Perturbations.*
4411.	Pierre Magnan	*Un monstre sacré.*
4412.	Jérôme Prieur	*Proust fantôme.*
4413.	Jean Rolin	*Chrétiens.*
4414.	Alain Veinstein	*La partition.*
4415.	Myriam Anissimov	*Romain Gary, le caméléon.*
4416.	Bernard Chapuis	*La vie parlée.*
4417.	Marc Dugain	*La malédiction d'Edgar.*
4418.	Joël Egloff	*L'étourdissement.*
4419.	René Frégni	*L'été.*
4420.	Marie NDiaye	*Autoportrait en vert.*
4421.	Ludmila Oulitskaïa	*Sincèrement vôtre, Chourik.*
4422.	Amos Oz	*Ailleurs peut-être.*
4423.	José Miguel Roig	*Le rendez-vous de Berlin.*
4424.	Danièle Sallenave	*Un printemps froid.*
4425.	Maria Van Rysselberghe	*Je ne sais si nous avons dit d'impérissables choses.*
4426.	Béroalde de Verville	*Le Moyen de parvenir.*
4427.	Isabelle Jarry	*J'ai nom sans bruit.*
4428.	Guillaume Apollinaire	*Lettres à Madeleine.*
4429.	Frédéric Beigbeder	*L'Égoïste romantique.*
4430.	Patrick Chamoiseau	*À bout d'enfance.*
4431.	Colette Fellous	*Aujourd'hui.*
4432.	Jens Christian Grøndhal	*Virginia.*
4433.	Angela Huth	*De toutes les couleurs.*
4434.	Cees Nooteboom	*Philippe et les autres.*
4435.	Cees Nooteboom	*Rituels.*
4436.	Zoé Valdés	*Louves de mer.*

4437. Stephen Vizinczey — *Vérités et mensonges en littérature.*
4438. Martin Winckler — *Les Trois Médecins.*
4439. Françoise Chandernagor — *L'allée du Roi.*
4440. Karen Blixen — *La ferme africaine.*
4441. Honoré de Balzac — *Les dangers de l'inconduite.*
4442. Collectif — *1,2,3... bonheur!*
4443. James Crumley — *Tout le monde peut écrire une chanson triste* et autres nouvelles.
4444. Niwa Fumio — *L'âge des méchancetés.*
4445. William Golding — *L'envoyé extraordinaire.*
4446. Pierre Loti — *Les trois dames de la Kasbah* suivi de *Suleïma.*
4447. Marc Aurèle — *Pensées (Livres I-VI).*
4448. Jean Rhys — *À septembre, Petronella* suivi de *Qu'ils appellent ça du jazz.*
4449. Gertrude Stein — *La brave Anna.*
4450. Voltaire — *Le monde comme il va* et autres contes.
4451. La Rochefoucauld — *Mémoires.*
4452. Chico Buarque — *Budapest.*
4453. Pietro Citati — *La pensée chatoyante.*
4454. Philippe Delerm — *Enregistrements pirates.*
4455. Philippe Fusaro — *Le colosse d'argile.*
4456. Roger Grenier — *Andrélie.*
4457. James Joyce — *Ulysse.*
4458. Milan Kundera — *Le rideau.*
4459. Henry Miller — *L'œil qui voyage.*
4460. Kate Moses — *Froidure.*
4461. Philip Roth — *Parlons travail.*
4462. Philippe Sollers — *Carnet de nuit.*
4463. Julie Wolkenstein — *L'heure anglaise.*
4464. Diderot — *Le Neveu de Rameau.*
4465. Roberto Calasso — *Ka.*
4466. Santiago H. Amigorena — *Le premier amour.*
4467. Catherine Henri — *De Marivaux et du Loft.*
4468. Christine Montalbetti — *L'origine de l'homme.*
4469. Christian Bobin — *Prisonnier au berceau.*
4470. Nina Bouraoui — *Mes mauvaises pensées.*

4471. Françoise Chandernagor *L'enfant des Lumières.*
4472. Jonathan Coe *La Femme de hasard.*
4473. Philippe Delerm *Le bonheur.*
4474. Pierre Magnan *Ma Provence d'heureuse rencontre.*
4475. Richard Millet *Le goût des femmes laides.*
4476. Pierre Moinot *Coup d'État.*
4477. Irène Némirovsky *Le maître des âmes.*
4478. Pierre Péju *Le rire de l'ogre.*
4479. Antonio Tabucchi *Rêves de rêves.*
4480. Antonio Tabucchi *L'ange noir.* (à paraître)
4481. Ivan Gontcharov *Oblomov.*
4482. Régine Detambel *Petit éloge de la peau.*
4483. Caryl Férey *Petit éloge de l'excès.*
4484. Jean-Marie Laclavetine *Petit éloge du temps présent.*
4485. Richard Millet *Petit éloge d'un solitaire.*
4486. Boualem Sansal *Petit éloge de la mémoire.*
4487. Alexandre Dumas *Les Frères corses.* (à paraître)
4488. Vassilis Alexakis *Je t'oublierai tous les jours.*
4489. René Belletto *L'enfer.*
4490. Clémence Boulouque *Chasse à courre.*
4491. Giosuè Calaciura *Passes noires.*
4492. Raphaël Confiant *Adèle et la pacotilleuse.*
4493. Michel Déon *Cavalier, passe ton chemin !*
4494. Christian Garcin *Vidas* suivi de *Vies volées.*
4495. Jens Christian Grøndahl *Sous un autre jour.*
4496. Régis Jauffret *Asiles de fous.*
4497. Arto Paasilinna *Un homme heureux.*
4498. Boualem Sansal *Harraga.*
4499. Quinte-Curce *Histoire d'Alexandre.*
4500. Jérôme Garcin *Cavalier seul.*
4501. Olivier Barrot *Décalage horaire.*
4502. André Bercoff *Retour au pays natal.*
4503. Arnaud/Barillé/Cortanze/Maximin *Paris Portraits.*
4504. Alain Gerber *Balades en jazz.*
4505. David Abiker *Le musée de l'homme.*
4506. Bernard du Boucheron *Coup-de-Fouet.*
4507. Françoise Chandernagor *L'allée du Roi.*
4508. René Char *Poèmes en archipel.*
4509. Sophie Chauveau *Le rêve Botticelli.*

4510.	Benoît Duteurtre	*La petite fille et la cigarette.*
4511.	Hédi Kaddour	*Waltenberg.*
4512.	Philippe Le Guillou	*Le déjeuner des bords de Loire.*
4513.	Michèle Lesbre	*La Petite Trotteuse.*
4514.	Edwy Plenel	*Procès.*
4515.	Pascal Quignard	*Sordidissimes. Dernier Royaume, V.*
4516.	Pascal Quignard	*Les Paradisiaques. Dernier Royaume, IV.*
4517.	Danièle Sallenave	*La Fraga.*
4518.	Renée Vivien	*La Dame à la louve.*
4519.	Madame Campan	*Mémoires sur la vie privée de Marie-Antoinette.*
4520.	Madame de Genlis	*La Femme auteur.*
4521.	Elsa Triolet	*Les Amants d'Avignon.*
4522.	George Sand	*Pauline.*
4523.	François Bégaudeau	*Entre les murs.*
4524.	Olivier Barrot	*Mon Angleterre. Précis d'Anglopathie.*
4525.	Tahar Ben Jelloun	*Partir.*
4526.	Olivier Frébourg	*Un homme à la mer.*
4527.	Franz-Olivier Giesbert	*Le sieur Dieu.*
4528.	Shirley Hazzard	*Le Grand Incendie.*
4529.	Nathalie Kuperman	*J'ai renvoyé Marta.*
4530.	François Nourissier	*La maison Mélancolie.*
4531.	Orhan Pamuk	*Neige.*
4532.	Michael Pye	*L'antiquaire de Zurich.*
4533.	Philippe Sollers	*Une vie divine.*
4534.	Bruno Tessarech	*Villa blanche.*
4535.	François Rabelais	*Gargantua.*
4536.	Collectif	*Anthologie des humanistes européens de la renaissance.*
4537.	Stéphane Audeguy	*La théorie des nuages.*
4538.	J. G. Ballard	*Crash !*
4539.	Julian Barnes	*La table citron.*
4540.	Arnaud Cathrine	*Sweet home.*
4541.	Jonathan Coe	*Le cercle fermé.*
4542.	Frank Conroy	*Un cri dans le désert.*
4543.	Karen Joy Fowler	*Le club Jane Austen.*
4544.	Sylvie Germain	*Magnus.*
4545.	Jean-Noël Pancrazi	*Les dollars des sables.*

4546.	Jean Rolin	*Terminal Frigo.*
4547.	Lydie Salvayre	*La vie commune.*
4548.	Hans-Ulrich Treichel	*Le disparu.*
4549.	Amaru	*La Centurie. Poèmes amoureux de l'Inde ancienne.*
4550.	Collectif	*«Mon cher papa...» Des écrivains et leur père.*
4551.	Joris-Karl Huysmans	*Sac au dos* suivi de *À vau l'eau.*
4552.	Marc-Aurèle	*Pensées (Livres VII-XII).*
4553.	Valery Larbaud	*Mon plus secret conseil...*
4554.	Henry Miller	*Lire aux cabinets.*
4555.	Alfred de Musset	*Emmeline.*
4556.	Irène Némirovsky	*Ida* suivi de *La comédie bourgeoise.*
4557.	Rainer Maria Rilke	*Au fil de la vie.*
4558.	Edgar Allan Poe	*Petite discussion avec une momie et autres histoires extraordinaires.*
4559.	Madame de Duras	*Ourika. Édouard. Olivier ou le Secret.*
4560.	François Weyergans	*Trois jours chez ma mère.*
4561.	Robert Bober	*Laissées-pour-compte.*
4562.	Philippe Delerm	*La bulle de Tiepolo.*
4563.	Marie Didier	*Dans la nuit de Bicêtre.*
4564.	Guy Goffette	*Une enfance lingère.*
4565.	Alona Kimhi	*Lily la tigresse.*
4566.	Dany Laferrière	*Le goût des jeunes filles.*
4567.	J.M.G. Le Clézio	*Ourania.*
4568.	Marie Nimier	*Vous dansez?*
4569.	Gisèle Pineau	*Fleur de Barbarie.*
4570.	Nathalie Rheims	*Le Rêve de Balthus.*
4571.	Joy Sorman	*Boys, boys, boys.*
4572.	Philippe Videlier	*Nuit turque.*
4573.	Jane Austen	*Orgueil et préjugés.*
4574.	René Belletto	*Le Revenant.*
4575.	Mehdi Charef	*À bras-le-cœur.*
4576.	Gérard de Cortanze	*Philippe Sollers. Vérités et légendes.*
4577.	Leslie Kaplan	*Fever.*
4578.	Tomás Eloy Martínez	*Le chanteur de tango.*

4579. Harry Mathews — *Ma vie dans la CIA.*
4580. Vassilis Alexakis — *La langue maternelle.*
4581. Vassilis Alexakis — *Paris-Athènes.*
4582. Marie Darrieussecq — *Le Pays.*
4583. Nicolas Fargues — *J'étais derrière toi.*
4584. Nick Flynn — *Encore une nuit de merde dans cette ville pourrie.*
4585. Valentine Goby — *L'antilope blanche.*
4586. Paula Jacques — *Rachel-Rose et l'officier arabe.*
4587. Pierre Magnan — *Laure du bout du monde.*
4588. Pascal Quignard — *Villa Amalia.*
4589. Jean-Marie Rouart — *Le Scandale.*
4590. Jean Rouaud — *L'imitation du bonheur.*
4591. Pascale Roze — *L'eau rouge.*
4592. François Taillandier — *Option Paradis. La grande intrigue, I.*
4593. François Taillandier — *Telling. La grande intrigue, II.*
4594. Paula Fox — *La légende d'une servante.*
4595. Alessandro Baricco — *Homère, Iliade.*
4596. Michel Embareck — *Le temps des citrons.*
4597. David Shahar — *La moustache du pape* et autres nouvelles.
4598. Mark Twain — *Un majestueux fossile littéraire* et autres nouvelles.
4600. Tite-Live — *Les Origines de Rome.*
4601. Jerome Charyn — *C'était Broadway.*
4602. Raphaël Confiant — *La Vierge du Grand Retour.*
4603. Didier Daeninckx — *Itinéraire d'un salaud ordi naire.*
4604. Patrick Declerck — *Le sang nouveau est arrivé. L'horreur SDF.*
4605. Carlos Fuentes — *Le Siège de l'Aigle.*
4606. Pierre Guyotat — *Coma.*
4607. Kenzaburô Ôé — *Le faste des morts.*
4608. J.-B. Pontalis — *Frère du précédent.*
4609. Antonio Tabucchi — *Petites équivoques sans importance.*
4610. Gonzague Saint Bris — *La Fayette.*
4611. Alessandro Piperno — *Avec les pires intentions.*
4612. Philippe Labro — *Franz et Clara.*

4613. Antonio Tabucchi — *L'ange noir.*
4614. Jeanne Herry — *80 étés.*
4615. Philip Pullman — *Les Royaumes du Nord. À la croisée des mondes, I.*
4616. Philip Pullman — *La Tour des Anges . À la croisée des mondes, II.*
4617.Philip Pullman — *Le Miroir d'Ambre. À la croisée des mondes, III.*
4618. Stéphane Audeguy — *Petit éloge de la douceur.*
4619. Éric Fottorino — *Petit éloge de la bicyclette.*
4620. Valentine Goby — *Petit éloge des grandes villes.*
4621. Gaëlle Obiégly — *Petit éloge de la jalousie.*
4622. Pierre Pelot — *Petit éloge de l'enfance.*
4623. Henry Fielding — *Histoire de Tom Jones.*
4624. Samina Ali — *Jours de pluie à Madras.*
4625. Julian Barnes — *Un homme dans sa cuisine.*
4626. Franz Bartelt — *Le bar des habitudes.*
4627. René Belletto — *Sur la terre comme au ciel.*
4628. Thomas Bernhard — *Les mange-pas-cher.*
4629. Marie Ferranti — *Lucie de Syracuse.*
4630. David McNeil — *Tangage et roulis.*
4631. Gilbert Sinoué — *La reine crucifiée*
4632. Ted Stanger — *Sacrés Français ! Un Américain nous regarde.*
4633. Brina Svit — *Un cœur de trop.*
4634. Denis Tillinac — *Le venin de la mélancolie.*
4635. Urs Widmer — *Le livre de mon père.*
4636. Thomas Gunzig — *Kuru.*
4637. Philip Roth — *Le complot contre l'Amérique.*
4638. Bruno Tessarech — *La femme de l'analyste.*
4639. Benjamin Constant — *Le Cahier rouge.*
4640. Carlos Fuentes — *La Desdichada.*
4641. Richard Wright — *L'homme qui a vu l'inondation* suivi de *Là-bas, près de la rivière.*
4642. Saint-Simon — *La Mort de Louis XIV.*
4643. Yves Bichet — *La part animale.*
4644. Javier Marías — *Ce que dit le majordome.*
4645. Yves Pagès — *Petites natures mortes au travail.*
4646. Grisélidis Réal — *Le noir est une couleur.*
4647. Pierre Senges — *La réfutation majeure.*

4648. Gabrielle Wittkop	*Chaque jour est un arbre qui tombe.*
4649. Salim Bachi	*Tuez-les tous.*
4650. Michel Tournier	*Les vertes lectures.*
4651. Virginia Woolf	*Les Années.*
4652. Mircea Eliade	*Le temps d'un centenaire* suivi de *Dayan.*
4653. Anonyme	*Une femme à Berlin. Journal 20 avril-22 juin 1945.*
4654. Stéphane Audeguy	*Fils unique.*
4655. François Bizot	*Le saut du Varan.*
4656. Pierre Charras	*Bonne nuit, doux prince.*
4657. Paula Fox	*Personnages désespérés.*
4658. Angela Huth	*Un fils exemplaire.*
4659. Kazuo Ishiguro	*Auprès de moi toujours.*
4660. Luc Lang	*La fin des paysages.*
4661. Ian McEwan	*Samedi.*
4662. Olivier et Patrick Poivre d'Arvor	*Disparaître.*
4663. Michel Schneider	*Marilyn dernières séances.*
4664. Abbé Prévost	*Manon Lescaut.*
4665. Cicéron	*« Le bonheur dépend de l'âme seule ».* Tusculanes, *livre V.*
4666. Collectif	*Le pavillon des Parfums-Réunis.* et autres nouvelles chinoises des Ming.
4667. Thomas Day	*L'automate de Nuremberg.*
4668. Lafcadio Hearn	*Ma première journée en Orient* suivi de *Kizuki le sanctuaire le plus ancien du Japon.*
4669. Simone de Beauvoir	*La femme indépendante.*
4670. Rudyard Kipling	*Une vie gaspillée* et autres nouvelles.
4671. D. H. Lawrence	*L'épine dans la chair* et autres nouvelles.
4672. Luigi Pirandello	*Eau amère.* et autres nouvelles.
4673. Jules Verne	*Les révoltés de la Bounty* suivi de *maître Zacharius.*
4674. Anne Wiazemsky	*L'île.*
4675. Pierre Assouline	*Rosebud.*

Composition Nord Compo
Impression Novoprint
à Barcelone, le 15 mai 2008
Dépôt légal : mai 2008

ISBN 978-2-07-035529-7/Imprimé en Espagne.

156003